日本一短い手紙

「春夏秋冬」

令和元年度の第二十七回 一筆啓上賞「日本一短い手紙『春夏秋冬』」（福井県坂井市・公益財団法人丸岡文化財団主催、株式会社中央経済社ホールディングス・一般社団法人坂井青年会議所共催、日本郵便株式会社協賛、福井県・福井県教育委員会・愛媛県西予市、住友グループ広報委員会特別後援）の入賞作品を中心にまとめたものである。

同賞には、平成三十一年四月五日〜十月十一日の期間内に三万二一〇六通の応募があった。令和二年一月二十三日に最終選考が行われ、大賞五篇、秀作一〇篇、住友賞二〇篇、坂井青年会議所賞五篇、佳作一〇五篇が選ばれた。同賞の選考委員は、小室等、佐々木幹郎、夏井いつき、宮下奈都、平野竜一郎の諸氏である。

本書に掲載した年齢・職業・都道府県名は応募時のものである。

目次

入賞作品

大賞

［日本郵便株式会社　社長賞］

「母」へ

俺《おれ》が季節《きせつ》の変化《へんか》に気《き》づくのは、
いつも、母《かあ》さんのお弁当《べんとう》を開《ひら》いたときです。

中根 悠貴
茨城県 17歳 高校3年

「母」へ

俺が季節の変化に気づくのは、

いつも、母さんのお弁当を開いたときです。

「亡き息子」へ

戸《と》をしめないでと
病《やまい》の床《とこ》で雨音《あまおと》を聴《き》いていた君《きみ》。
朝顔《あさがお》の残《のこ》り花《ばな》に久《ひさ》し振《ぶ》りの雨《あめ》です。

この二月、かなり進行したガンであることを知ってより、
自宅で過ごすという生き方を最後まで―― 私共に感謝と幸せ感を伝え、
四十六才の生涯を終えました。仕事柄、草木や自然の営みを大切に思う子でした。

加藤 壽子
京都府 77歳 自営（造園）

一筆啓上
「亡き息子」へ

戸をしめないでと病の床で雨音を聴いていた君。朝顔の残り花に久し振りの雨です。

「妻」へ

むかし向日葵《ひまわり》と言《い》われた君《きみ》。
こっちを向《む》いてくれないのは、
僕《ぼく》はもう太陽《たいよう》ではないのか？

三木　孝良
兵庫県　74歳
オルガニート奏者

「妻」へ
むかし向日葵《ひまわり》と言われた君。
こっちを向いてくれないのは、
僕はもう太陽ではないのか？

「里の秋」へ

猫《ねこ》のクーが
トカゲを追《お》いかけたまま帰《かえ》りません。
もう冬《ふゆ》が来《く》るよと伝《つた》えてください。

福永　行男
鹿児島県　71歳

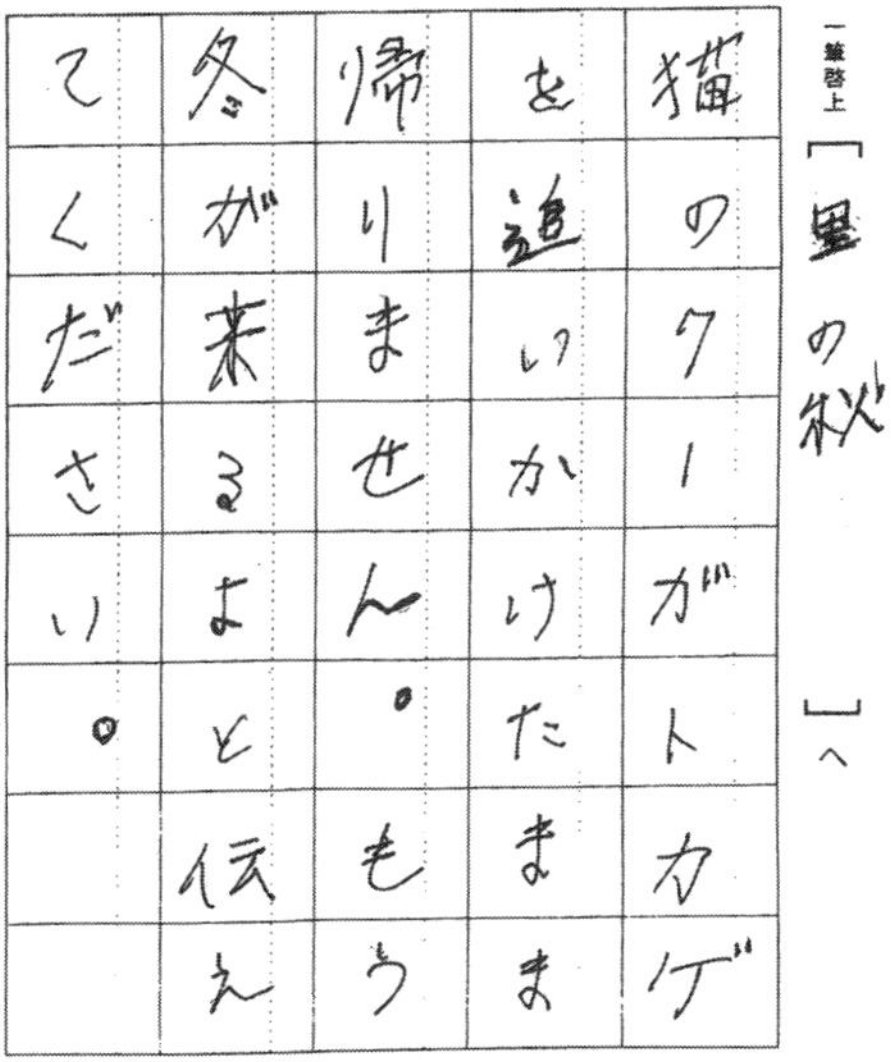
一筆啓上「星の秋」へ

猫のクーガトカゲを追いかけたまま帰りません。もう冬が来るよと伝えてください。

「お母さん」へ

クチナシの匂《にお》い立《た》つ
夜《よる》の気配《けはい》に気《き》づくようになって、
話《はな》したいことが増《ふ》えました。

若かった頃には気にも留めていなかったような当たり前の季節の変化に
大人になってから、ありがたいと思えるようになり、母とも話せることが
今なら沢山あるだろうなと思い書きました。

飯田 浩子
東京都 53歳

一筆啓上

「お母さんへ」へ

クチナシの匂い立つ夜の気配に気づくようになって、話したいことが増えました。

大賞選評

選考委員　佐々木　幹郎

日本人にとって手紙など書く時は気候の挨拶から始まります。ですから「春夏秋冬」のテーマは書き易いと思ったのですが、これがいかに難しいかということが、集まってきた作品を読んで思いました。私達は季節というのをどういうふうに一番感じとるのでしょうか。一つは風が運んでくる「匂い」、その季節ごとに聞こえてくる「音」、それから何かの「気配」。そういうものから私達は、春がきた、あるいは秋がきた、もう冬なんだというふうに感じとります。

中根さんの作品、季節の変化を匂いや音や気配を、お弁当で感じ取る所が面白い着眼点です。私達は短い言葉の中から色んな物語を想像しました。この高校生がお弁当から季節を感じるという繊細な感覚に感動しました。加藤さんの作品、「残り花」という言葉が素敵ですね。ここでは雨音で季節を感じ取っています。病の床で雨音を聴いていて外に朝顔が咲いている、この季節感がお母さんにとっては忘れられない光景だったという事がよく分かります。三木さんの作品、僕はもう太陽ではないのか、とある。作者がつい最近まで太陽だと言われていたというのが羨ましいと、選考会では話題になりました（笑）。これも楽しい、奥様へのいいメッセージですね。福永さんの作品、このトカゲがいいですね。これがネズミだったら落ちたと思います（笑）。トカゲという事にリアリティがある。しかも宛先が「里の秋」。秋へ呼びかけている。いろんな感情を抱えたまま、もう冬が来るよ、猫に帰ってきてほしいという思いを短い一行に込めたというのがとても良い所です。飯田さんの作品、ここで匂いですね。季節を感じるくちなしの花の匂い。これは万葉集の時代からよく歌われた梅の花の匂いとまったく同じ世界ですね。

今回の大賞五篇は改めて読み通したら、どれもが堂々としていて、さまざまな「春夏秋冬」への想いが集まった素晴らしい作品だと思います。

（入賞者発表会講評より要約）

秀作

［日本郵便株式会社　北陸支社長賞］

「息子」へ

うたた寝《ね》してる時《とき》
かけてくれる毛布《もうふ》が嬉《うれ》しくて、
冬《ふゆ》が好《す》きになりました。
ありがとうね。

谷口　亜起子
和歌山県　43歳　パート

疲れて横になっていると3人兄弟の末っ子が毛布をかけてくれます。
起きた時の、あの幸福感は言葉にならないものがあります。
誰にでも、あたたかい毛布をかけてあげられる人になってくれたらうれしいです。

一筆啓上

「息子」へ

うたた寝してる時かけてくれる毛布が嬉しくて、冬が好きになりました。ありがとうね。

「庭のひまわり」へ

友達《ともだち》とけんかをして帰《かえ》った日《ひ》。
ひまわりを見《み》たら元気《げんき》になった。
次《つぎ》の日《ひ》ごめんが言《い》えたよ

留目　花鈴
青森県　9歳　小学校4年

一筆啓上

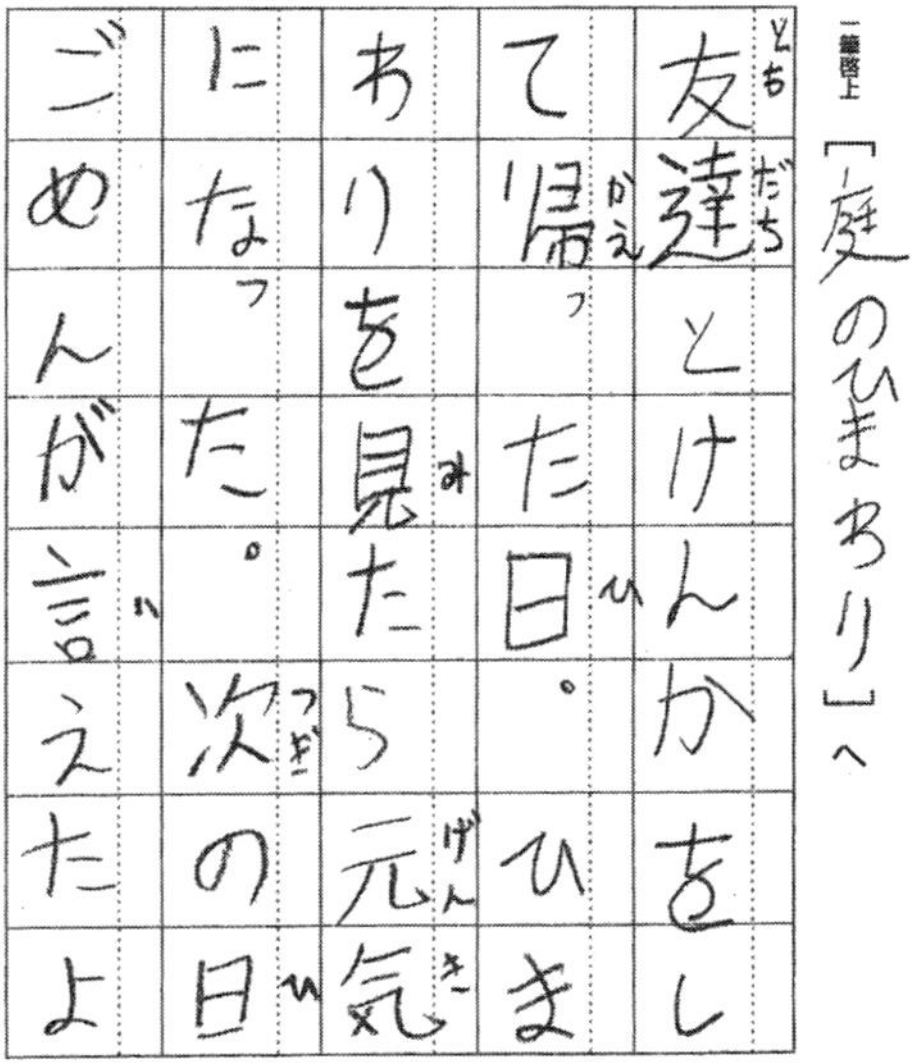

「庭のひまわり」へ

友《とも》達《だち》とけんかをして帰《かえ》った日《ひ》。ひまわりを見《み》たら元気《げんき》になった。次《つぎ》の日《ひ》ごめんが言《い》えたよ

「冬の虫さん」へ

とうみんして、こわくないの。
ぼくのおうちへきな。

ながた田　ひで光
福井県　8歳　小学校2年

一筆啓上　「冬の虫さん」へ

とうみんして、こわくないの。ぼくのおうちへきな。

「お母さん」へ

男男女《おとこおとこおんな》の念願《ねんがん》の女《おんな》の子《こ》だと言《い》っていたけど、私《わたし》に海水《かいすい》パンツをはかせていたよね？

三人兄妹の末っ子の私。母にいかに女の子が欲しかったかを何度も聞かされていたのですが。幼い頃の家族で川遊びに行った時の写真には、兄のおさがりの赤い海水パンツをはいている私がうつっています。

佐藤 友美
愛知県 43歳 会社員

一筆啓上
「お母さん」へ

男男女の念願の女の子だと言っていたけど、私に海水パンツをはかせていたよね?

「お兄ちゃん」へ

会《あ》えなくなって
3回目《かいめ》の夏《なつ》です。
少《すこ》しさびしいけど
ひとりで灯台《とうだい》まで泳《およ》げたよ。

やっと、約束を、果たせました。

山本　七生
三重県　15歳　中学校3年

一筆啓上

「お兄ちゃん」へ

会えなくなって
3回目の夏です。
少しさびしいけど
ひとりで灯台まで
泳げたよ。

「はは」へ

春《はる》はね。
家《いえ》の中《なか》から聞《き》こえるくしゃみで
ははの存在《そんざい》　知《し》るのよ。

米屋　和美
福井県　16歳　高校2年

春はね。
家の中から聞こえ
るくしゃみで
ははの存在
知るのよ。

「母」へ

女《おんな》の子《こ》らしくが大嫌《だいきら》いだった私《わたし》に、
春《はる》らしくしなさいって
言《い》ってくれたことあったね。

いつも兄の後ろについて遊び、男の子のようになりたかった私は、女の子らしい色や格好を嫌がりました。そんな頃に母が私によく言っていたこの言葉を今でもふと思い出します。綺麗な色で、おしゃれをした日は特に。

山口　ありさ
東京都　24歳　会社員

一筆啓上「母」へ

女の子らしくが大嫌いだった私に、春らしくしなさいって言ってくれたことあったね。

「おばあちゃん」へ

かじかんだ手《て》で帰《かえ》るといつも、
「氷《こおり》のお客《きゃく》さん」と、温《あたた》めてくれたね。
大《だい》好《す》きだよ。

阿部　聖子
滋賀県　36歳　主婦

一筆啓上「おばあちゃん」へ
かじかんだ手で帰るといつも、
「氷のお客さん」と、温めてくれたね。
大好きだよ。

38文字

「蹴球部」へ

この夏《なつ》に向《む》けて
毎日《まいにち》走《はし》り込《こ》み。
もう毎日《まいにち》はむりだって。
もうむりむり。
いや走《はし》るけど。

中川 和
京都府 16歳 高校2年

一筆啓上

「蹴球部」へ

この夏に向けて毎日走り込み。もう毎日はむりだって。もうむりむり。いや走るけど。

「お母ちゃん」へ

「真《ま》っ白《しろ》な雪《ゆき》の日《ひ》に生《う》まれました。」

と母子手帳《ぼしてちょう》に書《か》いてあったね。

だから冬《ふゆ》が大好《だいす》き。

後藤　結奈
福井県　11歳　小学校6年

一筆啓上　「お母ちゃん」へ

「真っ白な雪の日に生まれました。と母子手帳に書いてあったね。だから冬が大好き。

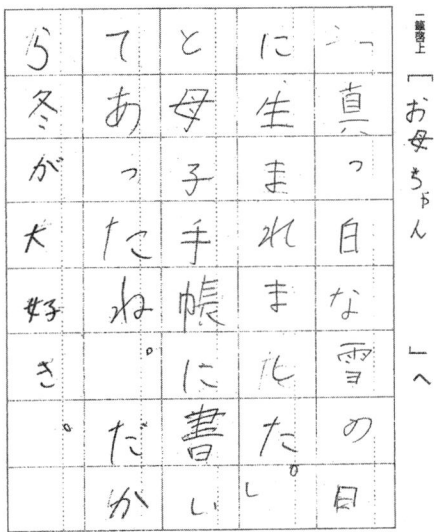

秀作選評

選考委員　宮下　奈都

「春夏秋冬」のテーマは書くのがとても難しいだろうと思っていましたが、例えば夏という言葉を使わず夏を感じさせるとか、季語という程ではなく自然に素直に書いて季節を感じさせる上手な作品がありました。秀作は、短い手紙の中で、たくさんの事を想像させてくれたり色んな物語を感じさせてくれたりするものが選ばれました。

谷口さんの作品、これはとても素直な作品です。多分、息子さんは10代で難しい年頃で母親との関係も普段は良いとは限らないのに、その息子さんが毛布を掛けてくれるそれで冬が好きになった、という優しい手紙で気持ちが温かくなりました。留目さんの作品、これも素直です。他にもこういう事を思う方はいると思いますが、次の日ごめんが言えたよというのが選考会でも話題になりました。次の日に言えたという、この子の迷いとか色んな気持ちが出ている良い作品です。ながた君の作品、これは「きな」にやられました。「きな」って大人になったら書けないです。あと冬眠してこわくないかって、怖くないです。でも「きな」っていうことは僕の家は怖くないよ、安全で明るくて楽しい家なんだっていうのが表れている。とても良かったです。佐藤さんの作品、念願の女の子と言って貰えている幸せな方だと思います。幸せな昔の記憶だとかそういった物を全部ひっくるめた上で海水パンツだったっていう、面白さがとても良かったです。山本さんの作品、まだ12歳くらいの時にお兄ちゃんと会えなくなってしまって、その時はすごく悲しかったし泣いたと思うんですが、三年目になったら、少し寂しいけどっていう所まで回復しているんですね。一人で灯台まで泳げるようになった少年の成長もまぶしくて、絵が見えるようで心に残りました。

今回もたくさんの物語を楽しませてもらいました。

（入賞者発表会講評より要約）

秀作選評

選考委員　夏井　いつき

今回、私ちょっと反省をしています。選考会で散々言ったのが、最後の「大好き」言葉が無ければいいのにってことだったんです。私の受け持つ五作品の中でも、二作品が「大好き」で終わります。でも声で聞いてみたらとても良い、目で見る言葉と耳で聞く言葉がこんなふうに違うのかと。只このコンテストは手紙ですのでそこは押し通すべきなのかもしれないのですが、声として出て来る言葉の力に、打ちのめされました。

米屋さんの作品、最初の出だしでは花粉症かなと思いますが、見えてくる母の存在。思春期特有のこの書き方で、私と母は切り離れた存在であるという、16歳だなと思う。思春期になると母がいて嬉しいと書かないですよね。最後の「知るのよ」の言葉に、この年齢らしい親の存在への安心感の様なものが文章で見えてくる所が良いです。山口さんの作品、「春らしくしなさい」が、良い言葉だと思います。女らしくを春らしくと言われた娘側の心の化学変化、素直に言葉を受け入れることができる。言葉の力という意味で印象に残った作品です。阿部さんの作品、「氷のお客さん」は素敵な言葉ですね。かじかんだ手を、おばあちゃんが氷のお客さんと言って手を包んで温めてくれる。「氷のお客さん」の言葉が出て来る所が素晴らしいと思いました。中川さんの作品、普通サッカー部に手紙は書かないですよ。この夏に向けて…と、目標を書いた後にくる「いや走るけど」がリアルですね。声では言えないが手紙ならという想いが伝わるのがとても好きですね。後藤さんの作品、「真っ白な雪の日に生まれました」と書きつけるお母さんの詩心に打たれました。何グラムでしたとか書いてくれるのも嬉しいけれど、雪が降る度に母子手帳に書かれたお母さんの文字を思い出すに違いないなあと。親子の関係は、こういう小さな所から強く結ばれていくのだろうと思った作品です。

（入賞者発表会講評より要約）

住友賞

「お母さん」へ

お母《かあ》さん。
食欲《しょくよく》の秋《あき》はたくさん食《た》べてしまう
と言《い》うけど、
365日《にち》ずっと秋《あき》じゃないよ。

宮﨑 佳帆
福井県 12歳 中学校1年

一筆啓上　「お母さん」へ

お母さん。食欲の秋はたくさん食べてしまうと言うけど、365日ずっと秋じゃないよ。

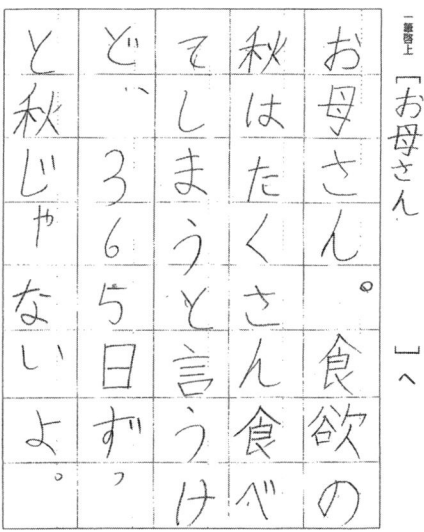

「お父さん」へ

一年中《いちねんじゅう》パンツ一丁《いっちょう》で
私《わたし》の前《まえ》をうろつかないで。
日本《にほん》には四季《しき》があるんです。

波多野 初
東京都 12歳 中学校1年

私の父は体格がよくとても暑がりです。家の中で思春期の私の前でも平気でパンツ一丁で過ごしています。思春期、四季をもう少し感じてくれたら…

一筆啓上

「お父さん」へ

一年中パンツ一丁で私の前をうろつかないで。日本には四季があるんです。

「なかなかはえてこないは」へ

ぬけたのははるなのに
もうすぐなつやすみがおわっちゃうよ。
いまどのへんにいますか。

平野　紗良
福井県　6歳　小学校1年

はるにぬけたはがなかなかはえてこないのでしんぱいになりました。

一筆啓上　「なかなかはえてこないは」へ

ぬけたのはばるなのにもうすぐなつやすみがおわっちゃうよ。いまどめへんにいますか。

「あきにうまれたわたし」へ

11がつになると、
あかいはっぱと
わたしのてのくらべっこ。
わたし、おおきくなったよ。

わたしのたんじょうびは11がつです。まいとしはっぱと、てをくらべていました。
だんだんわたしのてのほうがおおきくなってきました。

伊藤 実織
福井県 6歳 小学校1年

「あかさ、《わたし》にうまれた」へ

いがつになると、あかいはっぱとわたしのてのくらべっこ。わたし、おおきくなったよ。

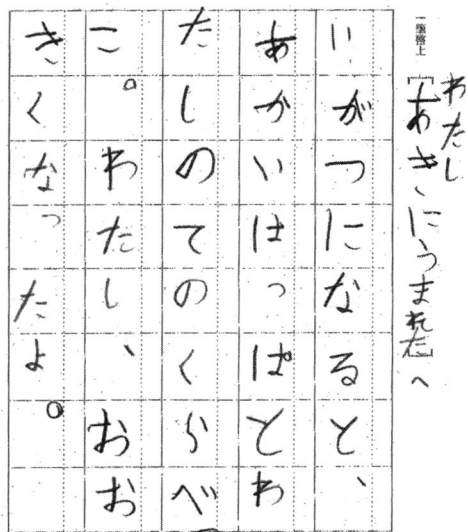

「パパ」へ

もうすぐおわかれした秋《あき》がきますね。
おわかれして3回目《かいめ》の秋《あき》です。
パパにあいたいな。

荒木　華
福岡県　8歳　小学校2年

3年前に、天国にいったパパにお手紙を書きました。

一筆啓上「パパ」へ

もうすぐおわかれした秋がきますね。おわかれして3回目の秋です。パパにあいたいな。

「ママ」へ

ぼくの、そだてたピーマンが、
おいしそうにみのったよ。
かえってきてください。

西田 真央
福井県 7歳 小学校2年

一筆啓上「ママ」へ

ぼくの、そだてたピーマソガ、おいしそうにみのったよ。がえってきてください。

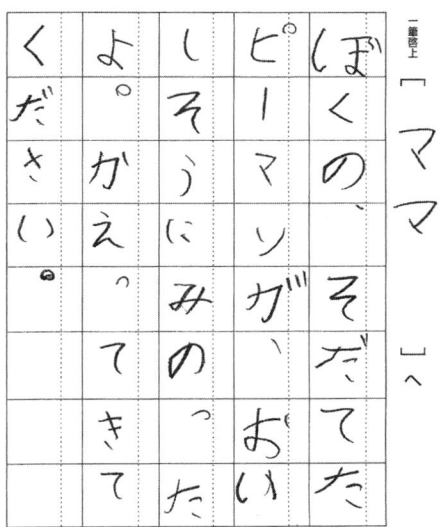

「お爺ちゃん」へ　夏

腰痛《ようつう》でも元《もと》は騎手《きしゅ》だから、
お盆《ぼん》には胡瓜《きゅうり》の馬《うま》に乗《の》って帰《かえ》れますよね

合志　珠希
神奈川県　19歳　大学生

「お爺ちゃんへ」　夏

腰痛でも元は騎手だから、お盆には

胡瓜の馬に乗って帰れますよね

「あの世の悪友」へ

さっきの赤《あか》とんぼ、オマエやろ？
めっちゃ元気《げんき》で、
態度《たいど》も超《ちょう》デカかったし（苦《にが》笑《わらい》）。

田中 照大
奈良県 46歳 社会福祉士

昨秋、46歳で急死した大親友へ贈る。

一筆啓上「あの世の悪友」へ

さっきの赤とんぼ、オマエやろ？、めっちゃ元気で、態度も超デカかったし（苦笑）。

「夫」へ

覚《おぼ》えてる？
サボって公園《こうえん》でかき氷食《ごおりた》べて、
バレて一緒《いっしょ》に叱《しか》られた夏《なつ》の日《ひ》。
心《こころ》決《き》めた日《ひ》。

この事がきっかけで結婚しました。

吉田　寿美子
群馬県　73歳

一筆啓上 「夫」へ

覚えてる？サボって公園でかき氷食べて、バレて一緒に叱られた夏の日。心決めた日。

「母さん」へ

白状《はくじょう》します。
実《じつ》は寒《さむ》がり、嘘《うそ》やねん。
思春期《ししゅんき》は難儀《なんぎ》やで、
くっつくのにも口実《こうじつ》いんねん。

小川 美佳
大阪府 15歳 中学校3年

母の側に行きたくてもなんだか気恥ずかしく、冬場は寒がりということにしてくっついています。もう中学校三年生なので、恥ずかしがらずに気持ちを伝えられるようになりたいです。

一筆啓上

「母さん」へ

白状します。実は寒がり、嘘やねん。思春期は難儀やで、くっつくのがも口実いんねん。

「ＩＯＣ会長」へ

ウィンタースポーツは除雪《じょせつ》です、
ぜひオリンピックの種目《しゅもく》に採用《さいよう》して下《くだ》さい。

最上　隆吉
秋田県　60歳

一筆啓上「IOC会長」へ

ウィンタースポーツは除雪です、ゼひオリンピックの種目に採用して下さい。

「スイカ」へ

愛《いと》おしく赤《あか》い君《きみ》、夏《なつ》。
黒《くろ》い種《たね》は邪魔《じゃま》かもね。
でもそれを態態《わざわざ》とるのが
また「夏《なつ》」なのよ。

佐藤　亜月
福島県　15歳　中学校3年

「愛おしく赤い」というのには、私がスイカを好きな気持ちが入った表現。黒い種は実からとり出すのが大変でめんどうくさいけれど、その行為自体が夏を感じさせるのよ、という思いを込め、黒い種の存在が私にとってとても重要であることを示す。私のスイカへの愛があふれた手紙だ。

一筆啓上

「スイカ」へ

愛おしく赤い君、夏。黒い種は邪魔かもね。でもそれを態《わざ》態《わざ》とるのがまたっ夏し、なのよ。

「春夏秋冬」へ

年《とし》を重《かさ》ねるごとに
足《あし》が速《はや》くなっていますが、
どこかにお急《いそ》ぎなのでしょうか。

柳本　晴希
大阪府　16歳　高校1年

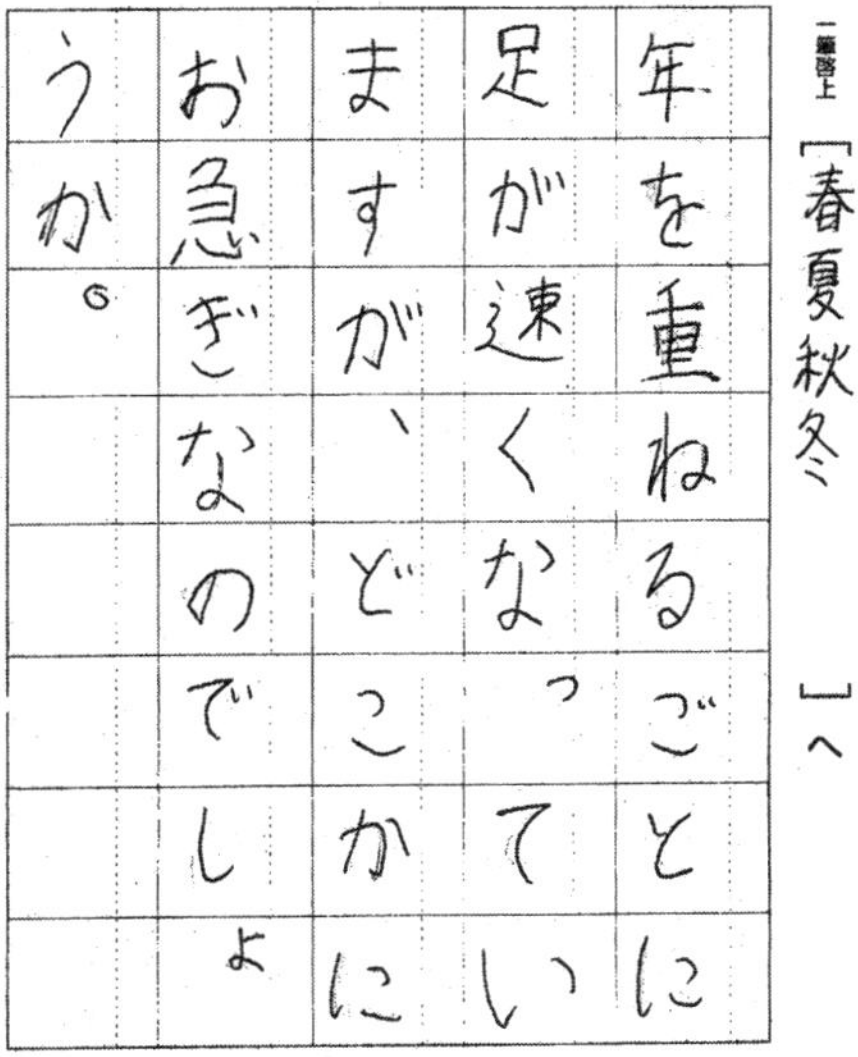

一筆啓上 「春夏秋冬」へ

年を重ねるごとに足が速くなっていますが、どこかにお急ぎなのでしょうか。

「おかあさん」へ

ぼくは、秋《あき》におかあさんにないしょで
おばさんとくりひろいをしていました。

いとう かなめ
福井県 7歳 小学校2年

一筆啓上 [おかあさん]へ

ぼくは、秋《あき》におかあさんにないしょでおばさんとくりひろいをしていました。

「春夏秋冬」へ

変《へん》な気《き》こうになっているのは
ぼくたちのせいかな?
気《き》をつけるからごめんね。

夏に氷がふったり冬があたたかかったり変になってきているので
生活を気をつけないと思ったから

鈴木 壮寛
福井県 10歳 小学校4年

一筆啓上

〔春夏秋冬〕へ

変な気こうになっているのはぼくた、ちのせいかな?気をつけるからごめんね。

「32才で逝きしあなた」へ

還暦《かんれき》を迎《むか》えたよ。
あっ、向日葵《ひまわり》が笑《わら》った。
私《わたし》はもう
ひとりでも大丈夫《だいじょうぶ》だよ。

豊島 博美
大阪府 60歳 主婦

〔32才で逝きしあなた〕へ
還暦を迎えたよ。
あっ、向日葵が
笑った。私はもう
ひとりでも大丈夫だよ。

「母」へ

何度《なんど》同《おな》じ季節《きせつ》が過《す》ぎても、お母《かあ》さんの手術中《しゅじゅつちゅう》に読《よ》んだ本《ほん》の続《つづ》きが読《よ》めません。

末永　逸
鹿児島　57歳　パート販売員

一筆啓上「母」へ

何度同じ季節が過ぎても、お母さんの手術中に読んだ本の続きが読めません。

「兄」へ

夕陽《ゆうひ》に照《て》らされた紅葉《もみじ》。
肌寒《はだざむ》い秋風《あきかぜ》にのって
あなたの声《こえ》が戻《もど》ってきました。

亡くなった兄を思い出す手紙です。

足立　みなみ
滋賀県　13歳　中学校2年

一筆啓上

「兄」へ

夕陽に照らされた紅葉。肌寒い秋風にのってあなたの声が戻ってきました。

「単身赴任の夫から」

冬《ふゆ》が近《ちか》いが
俺《おれ》元気《げんき》
浮気《うわき》はしてない
金《かね》送《おく》る

塩谷 力春
埼玉県 50歳 会社員

単身赴任の夫から

○冬が近いが　俺元気

浮気はしてない　金送る

「父、母」へ

「秋野《あきの》さんと結婚《けっこん》したら秋《あき》の実《みの》りだね。」
と言《い》われても、
何《なん》て返《かえ》すか秋《あき》が来《く》る度《たび》に困《こま》る。

吉川 稔里
福井県 15歳 中学校3年

一筆啓上　「父、母」へ

「秋野さんと結婚したら秋の実りだね。」と言われても、何て返すか秋が来る度に困る。

住友賞選評

選考委員　平野　竜一郎

今回の住友賞は選考委員の皆様のご意見もいただいて、読めば読むほど、噛めば噛むほどとでもいいましょうか、「なるほど、そんな気持ちが込められているのか」という発見があったり、手紙につづられた言葉の力強さや表現力に感動したり、それぞれの力作の魅力を確認しながら20篇を選考いたしました。その20篇の中から記憶に残った作品をいくつかご紹介します。

宮崎さんの作品、皆さんの身近にも存在しそうな食欲旺盛なお母さんに宛てた手紙、食欲の秋という一つの季節を365日にまで広げ春夏秋冬につなげる、その発想が素晴らしいと思い選考しました。平野さんの作品、生え変わろうとする「歯」に宛てているという所が可愛らしいという事、また最後の「今どのへんにいますか」という、子供らしく素直な言葉の投げかけがいいなと思いました。

田中さんの作品、46歳で大親友が亡くなったという事を敢えてコミカルに表現している点が、選考の決め手になりました。最上さんの作品、「ＩＯＣ会長」へという、この大胆な発想、そして今年最大のトピックスを取り上げている所が非常に面白いなと思い選考しました。鈴木さんの作品は、私共住友グループ各社でも重きをおいているＳＤＧｓやＥＳＧ、気候変動、地球温暖化の問題など、現代の社会課題の一端を切り取られました。10歳の少年が身近な所でこうした現象を気にかけていること、しかもグレタさんのような厳しい言葉ではなく「気を付けるからごめんね」という優しい言葉で、自分の問題として取り上げてくれたことに感動、賛同して、選出しました。吉川さんの作品、自分も幼いころに聞いたことがあるようなダジャレに懐かしさも感じつつ、これを春夏秋冬にひっかけて、吉川みのりさんが秋野みのり（秋の実り）さんになることを表現され、とても心温まる作品だと思いました。15歳ですから、「物心がついてからの過去10年間程は、毎年秋が来るたびに悩まれていたのかな」と想像するとクスっと笑えてきて楽しい（ご本人にはごめんなさい）作品です。

（入賞者発表会講評より要約）

坂井青年会議所賞

「生きもの」へ

お花《はな》さんこんにちは。
虫《むし》さんこんにちは。
みんな春《はる》ってわかるんだ。
ふしぎだね。

松浦　孝希
福井県　7歳　小学校2年

一筆啓上　「生きもの」へ

お花さんこんにちは。虫さんこんにちは。みんな春ってわかるんだ。ふしぎだね。

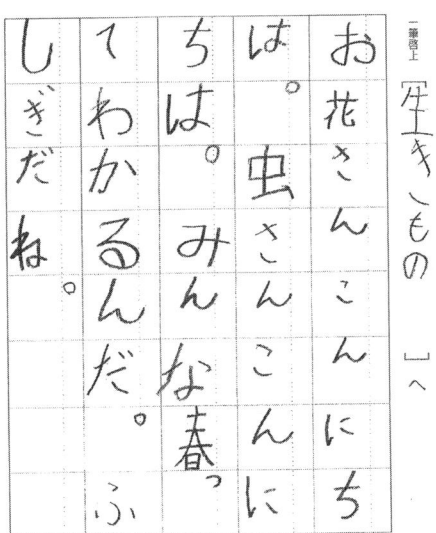

「あえなかったおじいちゃん」へ

お米《こめ》がたくさんできました。
あなたのむすこはがんばっています。

稲澤　もも香
福井県　7歳　小学校2年

お米農家の私の事を会えなかった祖父に綴った手紙です。（父）

一筆啓上

「あえなかったおじいちゃん」へ

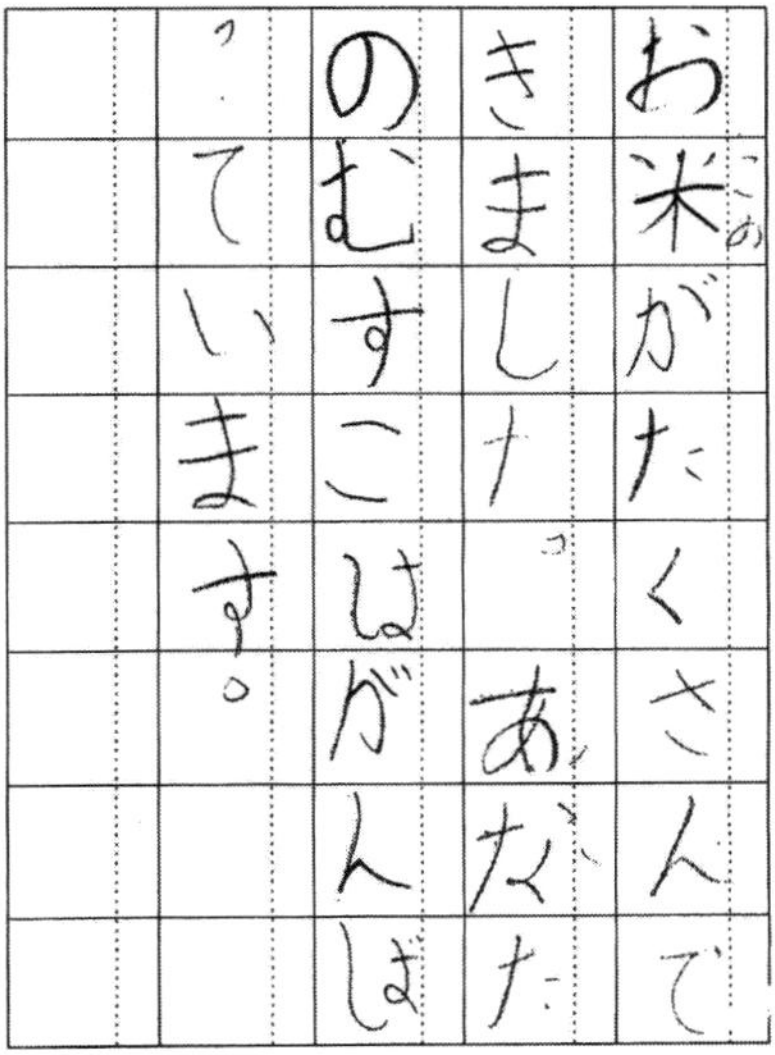
お米《こめ》がたくさんできました。あなたのむすこはがんばっています。

「春」へ

きせつはすきだけど、
かん字《じ》はきらいです。
バランスがむずかしいです。

西本　紗菜
福井県　7歳　小学校2年

一筆啓上

「春」へ

きせつはすきだけど、かん字はきらいです。バランスがむずかしいです。

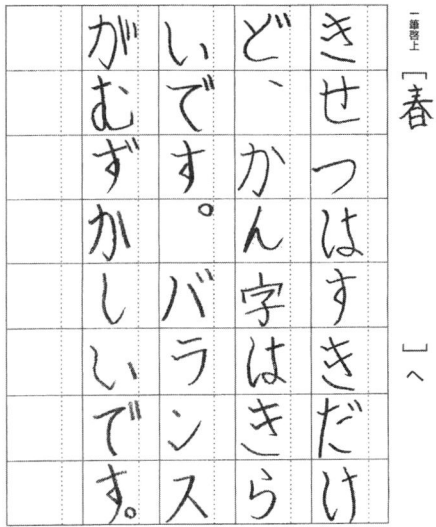

「冬のゆき」へ

最初《さいしょ》のゆきさんどんどんつもるから
いちばん最初《さいしょ》のゆきは、
きっとおもいよねお元気《げんき》に。

坪田　明奈
福井県　9歳　小学校4年

一筆啓上　「冬のゆき」へ

最初のゆききんどんどんつもるからいちばん最初のゆきは、きっと、おもいよねお元気に。

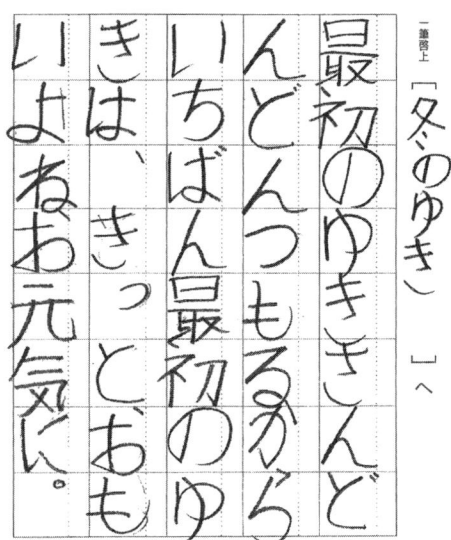

「自分」へ

きせつがかわりましたね。
きせつがかわると、
がんばりたい気持《きも》ちが、
わいてきます。

巻下　航平
福井県　9歳　小学校3年

一筆啓上　「自分」へ

きせつがかわりましたね。きせつがかわると、がんばりたい気《き》持《も》ちが、わいてきます。

佳作

「青春の中で出会った人」へ

あの雪《ゆき》の降《ふ》る朝《あさ》、
走《はし》って追《お》いかけて手渡《てわた》した
チョコレート、
あれは実《じつ》は本命《ほんめい》でした。

佐々木 まゆみ
岩手県 55歳 事務パート

「自分」へ

春《はる》が来ました。春《はる》だよ。
なのに、ちっとも心《こころ》が
さわがなくなったのは、
いつからだろう。

高橋　江梨子
岩手県　57歳　農業

「亡き母」へ

エアコンも無《な》い夏《なつ》の日《ひ》、
ブラウスにアイロンかけてくれたね。
蟬《せみ》の声《こえ》聞《き》くと思《おも》い出《だ》すよ。

自分自身汗だくになって家族みんなの衣類に丁寧にアイロンをかけてました。
ほっぺから流れる汗もアイロンをかけた時のハンカチのにおいもしっかり記憶に残ってます。

藤巻　優子
宮城県　73歳

「冬さん」へ

春夏秋《はるなつあき》、みんな好《す》き。
でも、雪《ゆき》かきをしながら
花《はな》の季節《きせつ》を待《ま》つ楽《たの》しみのある
冬《ふゆ》も大好《だいす》き。

毎年雪かきでクタクタになるけど、あと何日すればこの雪も消えて、桜が咲いて、ヒマワリが咲いてコスモスが咲いて…と、雪がきえるのを待ってます

大石 清美
秋田県 72歳 自営

「なつやすみのぼく」へ

はるなつあきふゆ。
ぼくはむしとりめいじん、
やっぱりなつはぼくのきせつだね。

安藤 想
福島県 7歳 小学校1年

「冬」へ

虫《むし》は冬眠《とうみん》する季節《きせつ》になりますが、
私《わたし》はどの季節《きせつ》でも
長《なが》い睡眠《すいみん》がとれるみたいです。

北島　夏子
茨城県　15歳　高校1年

「ファンキーな父」へ

いつ見《み》ても、
日焼《ひや》けしすぎて季節《きせつ》わからん。
今日《きょう》も大漁《たいりょう》ですか。

鳴井 柚紀
茨城県 24歳 公務員

「孫」へ

春《はる》に生《う》まれ　夏《なつ》に笑《わら》い
秋《あき》に寝《ね》がえり　冬《ふゆ》にお坐《すわ》り
見《み》つめられるとはずかしい
君《きみ》に感謝《かんしゃ》

楡木　和子
栃木県　72歳

子宮ガン、C型肝炎、心臓手術　次々と治療入院中の私に元気をくれた
五人目の孫です

「夏休み」へ

二年前《にねんまえ》から、
嬉《うれ》しいはずなのに、
切《せつ》なくなるよ。
一学期《いちがっき》の終業式《しゅうぎょうしき》は、
じいじの命日《めいにち》だから

豊永　愛咲
埼玉県　11歳　小学校6年

「日本《にっぽん》の入学式《にゅうがくしき》は桜満開《さくらまんかい》の四月《しがつ》！」
と言《い》う東京育《とうきょうそだ》ちの妻《つま》よ、
その頃《ころ》小樽《おたる》は雪《ゆき》の泥《どろ》んこ道《みち》だ

名達　博吉
埼玉県　71歳　大学非常勤講師

私は北海道で生まれ、小樽の大学を卒業して、四十八年前に上京しました。

「少年時代の自分」へ

春《はる》、浮《う》かれるな。
夏《なつ》、調子《ちょうし》に乗《の》るな。
秋《あき》、落《お》ち込《こ》むな。
冬《ふゆ》、籠《こも》るな。
とりあえず生《い》きろ。

何をやってもうまくいかない時期があった。でも、あの時、死ななくてよかった。

小野 千尋
千葉県 59歳 会社員

「春夏秋冬」へ

花《はな》のにおい。
太陽《たいよう》のにおい。
田《た》んぼのにおい。
みかんのにおい。
季節《きせつ》のにおいありがとう

髙木　史穏
千葉県　11歳　小学校6年

「あの日のテスト」へ

春夏秋冬《はるなつあきふゆ》、す直《なお》に書《か》いたら、
×《ばつ》をもらったあのテスト。
私《わたし》はおぼえた春夏秋冬《しゅんかしゅうとう》。

内藤　羽菜
千葉県　9歳　小学校4年

「お兄ちゃん」へ

ぼくには厳《きび》しいお兄《にい》ちゃん。
試合《しあい》に負《ま》けて帰《かえ》ったら
キンキンに冷《ひ》えた麦茶《むぎちゃ》ついでくれたね

川合　潤
東京都　14歳　中学校3年

自分には優しく、弟のぼくにはいつも厳しいお兄ちゃん。

でも、ぼくらのハンドボールの試合をたまにみにきてくれる。その日の試合は11対12。

ぼくも5点シュートを決めたがなんと1点差でぼくらの部活引退は決まってしまった。

家に帰ると、お兄ちゃんが氷のいっぱい入った冷たい麦茶をいれてくれた。

母《かあ》さん 満月《まんげつ》の夜《よる》に電話《でんわ》するのは、
同《おな》じ月《つき》を眺《なが》めながら話《はな》すと
元気《げんき》がでるからです。

高校を卒業して岩手から上京したころ、望郷の念に駆られると満月の夜に限って母に電話したものです。

松田 孝子
東京都 65歳

「親友」へ

いつでもいいぞ遊《あそ》びに来《こ》い。
旬《しゅん》の物《もの》食《く》わしてやる。
親父《おやじ》は八百屋《やおや》だから。
今《いま》なら白菜《はくさい》だ。

伴野　明
神奈川県　67歳　自営業

「息子」へ

今年《ことし》の夏《なつ》も乗《の》り切《き》った。
次《つぎ》の山場《やまば》は雪将軍《ゆきしょうぐん》との戦《たたか》いだ。
大丈夫《だいじょうぶ》だよ、越後《えちご》生《う》まれの母《はは》だもの

一人暮しの母より

安田 悦子
新潟県 83歳

「春と秋」へ

最近《さいきん》夏《なつ》と冬《ふゆ》に遠慮《えんりょ》してませんか？
もっと強気《つよき》で来《き》て下《くだ》さい。

久田 泰子
富山県 27歳 主婦

「親友」へ

君《きみ》の分《ぶん》まで生《い》きると決《き》めた
夏《なつ》が来《き》ました。
僕《ぼく》の事《こと》、上《うえ》から見《み》てるか。
いつでも見《み》に来《き》て。

中学2年の時、夏休み1週間前に部活動中、突然倒れました。
翌日、亡くなりました。数時間前まで、しゃべっていたんです。

末井 慧人
石川県 15歳 高校1年

「妻」へ

夏《なつ》は温《あたた》かいお茶《ちゃ》、
冬《ふゆ》は冷《つめ》たいお茶《ちゃ》をお願《ねが》いね。
職場《しょくば》の席《せき》、エアコンの真下《ました》なんだ。

荒木　勇人
福井県　34歳　会社員

夏は暑く、冬は寒いもののはずですが…。
ゼイタクな悩みの様でも共感出来る人は多いのではないかと思います。

「おねえちゃん」へ

なつやすみ
40にちがっこうやすみなんやって。
でもしゅくだいやまほどあるってほんと？

池田　湊太郎
福井県　7歳　小学校1年

「衣替え」へ

教室《きょうしつ》の中《なか》がオセロのように
模様《もよう》替《が》えされる。
春《はる》には、白《しろ》が勝《か》ち。
冬《ふゆ》には黒《くろ》が勝《か》つ。面白《おもしろ》い

稲澤　穣太郎
福井県　17歳　高校3年

「弟」へ

夏《なつ》はあついね。
けんかをするとあせかくから
秋《あき》まで仲良《なかよ》くしてようか。

内田 陽菜
福井県 8歳 小学校3年

「ベトナム赴任中の彼」へ

常夏《とこなつ》の中《なか》、汗《あせ》だくで頑張《がんば》る君《きみ》へ。
手編《てあ》みマフラーって
ちょっと憧《あこが》れだったの、ごめん！

大谷　まい
福井県　会社員

「天国のおじいちゃん」へ

ぐるぐるまわって七《なな》かいめ。
ぼく、一《いち》ねんせいになったよ。
まだまだまだまだまわるよ。

大野 竜暉
福井県 7歳 小学校1年

「春夏秋冬《しゅんかしゅうとう》さん」へ

春夏秋冬《しゅんかしゅうとう》さん。
あなた、すばらしい。
気温《きおん》も天気《てんき》も変《か》えられる。
わたしの好《す》きな風景《ふうけい》までも

黒田　愛乃
福井県　10歳　小学校5年

「じいちゃん」へ

ぼくのじいちゃんは季節《きせつ》の運《はこ》び屋《や》。
いちご、すいか、なし、干《ほ》し柿《がき》。
これからもたのむよ

是永　琉衣
福井県　10歳　小学校5年

「お父さん」へ

夏《なつ》でビールがおいしいのは分《わ》かるけど、
ぼくのちょ金《きん》で本当《ほんとう》に買《か》うのはやめてね。

近藤　ヒカル
福井県　11歳　小学校5年

「雪」へ

大人《おとな》はこまった顔《かお》をするけど
雪《ゆき》だるまを作《つく》りたいから
ぼくの所《ところ》だけふってきて。

高見 旭
福井県 9歳 小学校4年

「春」へ

実《じつ》は「春《はる》はあけぼの。」と
限定《げんてい》されては嫌《いや》なんでしょう。
私《わたし》は昼下《ひるさ》がりが一番《いちばん》好《す》きですよ。

竹生　晴彦
福井県　14歳　中学校3年

「来年の夏」へ

お母《かあ》さんが
「年《とし》をとりたくない」って言《い》っているので、
ちょっとゆっくりきて下《くだ》さい。

竹島 凜花
福井県 9歳 小学校4年

お母さんのたん生日が夏なので、たん生日がきて、
年をとらないように夏におねがいしました。

「私」へ

私《わたし》は、春夏秋冬《はるなつあきふゆ》どれが好《す》きなの？
選《えら》べないのは、
どれも楽《たの》しい思《おも》い出《で》がつまってるから

辻 春香
福井県 13歳 中学校1年

「春夏秋冬《しゅんかしゅうとう》」へ

春《はる》いちご、
夏《なつ》はすいかで秋《あき》はかき、
冬《ふゆ》みかん、
これがわたしの旬果集糖《しゅんかしゅうとう》

中島 由菜
福井県 10歳 小学校5年

「春夏秋冬《はるなつあきふゆ》」へ

なんで春夏秋冬《はるなつあきふゆ》は
このじゅんばんなの。
一回《いっかい》だけかわってみても
いいんじゃないかな。

奈須田　結月
福井県　9歳　小学校3年

「春夏秋冬」へ

春《はる》足羽川《あすわがわ》の桜並木《さくらなみき》
夏《なつ》水晶浜《すいしょうはま》で海水浴《かいすいよく》
秋《あき》かずら橋《ばし》の紅葉《こうよう》
冬《ふゆ》大野《おおの》の雪《ゆき》つり木《き》
色《いろ》に染《そ》まる福井県《ふくいけん》

西口　結月
福井県　11歳　小学校5年

「妻」へ

夏《なつ》のボーナスは税金《ぜいきん》に
冬《ふゆ》のボーナスはローンと
飲《の》み代《だい》に消《き》えます。
御自愛《ごじあい》ください。

西村 理
福井県 45歳 会社員

「お母さん」へ

ときに温《あたた》かく、ときに熱《あつ》い。
ときに彩《あざ》やかで、ときに冷《つめ》たい。
母《はは》の心《こころ》にも、四季《しき》がある。

藤田　春生
福井県　15歳　中学校3年

「現役の頃の自分」へ

定年後《ていねんご》初《はじ》めての春《はる》。
桜《さくら》の美《うつく》しさにしみじみ感動《かんどう》！
私《わたし》はいったい何《なに》を見《み》てきたんだろうね。

松嶋 由美子
福井県 61歳

定年後は外を歩くだけで、自然の美しさ、季節ごとに変わる景色の素晴らしさ、道端に小さく咲く名も知らぬ花にすべて感動します。
現役の頃は同じ景色に特別な感動もなく過ごしそんな自分が淋しいです。

「おおゆきぐもさん」へ

おおゆきぐもさん
たっぷりゆきをふらせてね。
なつでもいいよ。
まっているね。

昨年の大雪が楽しかったようです。両親も仕事に行けず家族で過ごしたので、
また大雪になってほしいようです。

松田 紬希
福井県 7歳 小学校1年

「ばあちゃん」へ

夏《なつ》は、せんたく物《もの》がよくかわくから

いいわぁって、それ何回目《なんかいめ》??

松村　紗和

福井県　9歳　小学校3年

「娘」へ

大学生《だいがくせい》になって
残《のこ》していった手紙《てがみ》読《よ》んだよ。
母《はは》は、使《つか》うあてない玉《たま》ねぎ
沢山《たくさん》刻《きざ》んだよ。

間宮 千鶴
福井県 59歳 主婦

「母」へ

冬《ふゆ》の朝《あさ》、私《わたし》が起《お》きてこないのは、
起《お》きられないからじゃなくて
起《お》こしてほしいからだよ。

三村　日向子
福井県　13歳　中学校2年

「お父さん」へ

お父《とう》さんのせ中《なか》はもう見《み》あきたよ。
こん度《ど》はぼくのせ中《なか》を見《み》ながら
雪山《ゆきやま》をすべってね。

宮本　健司
福井県　9歳　小学校4年

「未来のぼく」へ

春《はる》は種《たね》まき、夏《なつ》は水《みず》やり。
秋《あき》はしゅうかく、冬《ふゆ》はじゅんび。
ぼくは今《いま》、少《すこ》しだけ春《はる》です。

宮本　進之介
福井県　9歳　小学校4年

「おにわのき」へ

みどりいろやあかくて
おしゃれだけど、
ふゆはおようふくなくって
さむくないですか。

村中 晄
福井県 7歳 小学校1年

「1年前の私」へ

春《はる》になったら新《あたら》しい友達《ともだち》もできて
毎日《まいにち》楽《たの》しいよ。
だからあまり悩《なや》み過《す》ぎないでね。

山本　圭純
福井県　15歳　高校1年

「息子たち」へ

これから川《かわ》に行《い》ってきます。
帰《かえ》ってくると聞《き》いたから。
待《ま》ってるよ。鮎《あゆ》と一緒《いっしょ》に。

加納　秀史
岐阜県　54歳　高校教諭

わが家の夏は鮎です。帰省する息子たちに食べてもらいたい。夏だから。

「おかあさん」へ

花火《はなび》を待《ま》ち寝入《ねい》ってしまったあなた。
赤児《あかご》のように愛《いと》しくて、
そっと肩《かた》を貸《か》した私《わたし》。

野村　秀香
岐阜県　56歳　サービス業

今年92歳になった母。あと何回こうやって花火を一緒に見ることができるのだろう…
そう思うと思わずギュッと抱きしめたくなる母との夏

「旅行好きの夫」へ

花見《はなみ》は高遠《たかとお》へ、鵜飼《うかい》は長良《ながら》へ、紅葉《こうよう》は足助《あすけ》へ、冬《ふゆ》はどこの温泉《おんせん》にしましょうか。妻《つま》より

旅行好きの私達は季節ごとに最高の景色を求めて各地を訪れています。
一ヶ所が終わるとすでに次の計画へと心が向いています。

早川 佳子
岐阜県 61歳 主婦

「ちさとさん」へ

初《はじ》めて、靴《くつ》履《は》いて立《た》ったのは、
初雪《はつゆき》の園庭《えんてい》でした。
ああ、春《はる》になったら一年生《いちねんせい》なんだね

正村　まち子
岐阜県　71歳　保育士

「過去の自分」へ

春《はる》に突然《とつぜん》の出会《であ》い
夏《なつ》に一《ひと》つになり
秋《あき》に誓《ちか》い合《あ》い
冬《ふゆ》に一言《ひとこと》さよなら
若《わか》かった

島田　嘉彦
静岡県　62歳

「娘からパパ」へ

春《はる》は入学金《にゅうがくきん》、夏《なつ》は合宿費《がっしゅくひ》、
秋《あき》は学祭《がくさい》、冬《ふゆ》はスキー代《だい》、
一年中《いちねんじゅう》有難《ありがと》う。
長生《ながい》きしてねパパ！

石川 桜善
愛知県 59歳 会社員

「夕方の雲」へ

春《はる》はペラペラさん
夏《なつ》はずっしりくん
秋《あき》は遠《とお》くはなれて
冬《ふゆ》は雪《ゆき》のプレゼントをありがとう。

春はペラペラの巻雲だったのがずっしりのにゅうどう雲など、
きせつによっていろんなかおを見せてくれる夕方の雲がすきで毎日見ています。

近藤　日菜
愛知県　13歳　中学校1年

「自分に甘い私」へ

気《き》を付《つ》けて。
天高《てんたか》く馬肥《うまこ》ゆる季節《きせつ》ですが、
あなたは馬《うま》ではなく人間《にんげん》です。

櫻井 梓
愛知県 27歳 主婦

「住宅展示場のウルトラマンショーのウルトラマン」へ

本当《ほんとう》に3分《ぷん》で勝負《しょうぶ》をつけないと、
この暑《あつ》さ、先《さき》に熱中症《ねっちゅうしょう》で
怪獣《かいじゅう》がダウンしちゃうよ！

中村 康二
愛知県 65歳

「父」へ

岩魚《いわな》、山女魚《やまめ》。しなる竹竿《たけざお》、夏《なつ》の風《かぜ》。
「おやじ、天《あま》の河《がわ》では光《ひか》る魚《さかな》とか釣《つ》れるんか」

成實　芳郎
愛知県　59歳　会社員

「大好きなパパ」へ

この夏《なつ》仕事《しごと》で遠《とお》くへ行《い》ってしまったね。
いつも一緒《いっしょ》に寝《ね》てたから、
この冬《ふゆ》は寒《さむ》くなるね。

僕が生まれて12年ずーと隣でねていたパパ　単身赴任で遠くへ行ってしまったので
ベットの隣が広いなあ（かわりにママがねているけど）

林　瞳弥
三重県　12歳　小学校6年

「春のだんごむし」へ

おちばめくったらいっぱいうれしいよ。
でも、さむそうだし、
おちばのおふとんかけたよ

高畑　成希
滋賀県　5歳

落ち葉の下のだんごむしは、じっとして寒そうに動かない。
春がくるのを待っているから、そっとしておこう。

「認知症の母」へ

今《いま》は秋《あき》。
母《かあ》さんは春《はる》になったねと微笑《ほほえ》む。
大好《だいす》きな桜《さくら》が
いつも心《こころ》の中《なか》に咲《さ》いてるんだね。

畑村 眞理
滋賀県 63歳

「息子」へ

木枯《こが》らしが吹《ふ》く前《まえ》に、お前《まえ》が保護《ほご》した猫《ねこ》のために、毛布《もうふ》一枚《いちまい》送《おく》ります。父《ちち》より

家を出て、捨て猫と一緒に遠い街で暮らす息子。真冬にせんべい布団は寒いだろう。

市岡 哲夫
京都府 68歳 自由業

「お母さん」へ

自転車《じてんしゃ》が暑《あつ》いと申《もう》していますので、
遥《はる》か遠《とお》くの学校《がっこう》まで
電車《でんしゃ》で行《い》ってよろしいですか？

坂本 康太
京都府 16歳 高校

「母」へ

七月《しちがつ》までクーラーつけない
プライドすてろ。

中井 想
京都府 16歳 高校2年

「お母さん」へ

秋《あき》は、フルーツをいっぱい食《た》べました。
でもなしかりんごしか食《た》べませんでした。

新田　椛水
京都府　8歳　小学校2年

「遠くに住む親」へ

梅雨《つゆ》に入《はい》りその湿気《しっけ》で洗濯物《せんたくもの》が生乾《なまがわ》き中《ちゅう》です。臭《にお》います。でも私《わたし》は元気《げんき》です。

橋村 哉汰
京都府 16歳 高校2年

これは春に新生活が始まった後の夏の話です。親元を離れ一人で新しい生活を始めるも、洗濯物など様々な問題に直面し、実家に少しさびしさを感じています。それでも親に心配をさせないよう、元気であることを書いています。

「お父ちゃん」へ

夢枕《ゆめまくら》での「逝《い》き方《かた》が分《わ》からん」に、
冷《つめ》たく答《こた》えてご免《めん》ね。
初盆《はつぼん》は上手《じょうず》に往来《おうらい》できたかな？

何歳になってもお父ちゃんっ子の和子より

矢野 和子
京都府 63歳

「明《あきら》さん」へ

「愛《あい》してる、抱《だ》いてくれ」
貴男《あなた》の最期《さいご》の言葉《ことば》。
心《こころ》の中《なか》で潰《つぶ》れる程《ほど》
抱《だ》きしめたよ蝉時雨《せみしぐれ》の中《なか》

米原　三恵子
京都府　77歳　主婦

結婚生活五十三年その大半を二つの難病を抱えた私を黙って支えてくれた夫。

「私が先に逝くからね」と云っていたのに…令和元年七月七十九歳で夫・明は旅立ちました

一筆啓上「エアコン嫌いな夫」へ

寝室《しんしつ》にエアコンをつけて下《くだ》さい。
夏《なつ》の朝《あさ》、34度《ど》の部屋《へや》に
生存確認《せいぞんかくにん》しに行《い》くのは怖《こわ》いのよ。

石垣　夕香
大阪府　42歳　パート

「亡くなったお義父さん」へ

息子《むすこ》が捕《つか》まえるまで
待《ま》っていてくれたあの夏《なつ》の蟬《せみ》。
あの蟬《せみ》はお義父《とう》さんじゃないですか？

虫がこわくて、さわれなかった息子が初めて捕えた蟬。何回も何回もさわるのに逃げないで捕まえるまで待ってくれていた蟬。そんなやさしい蟬はお義父さんではないか？息子に虫を捕える勇気をくれたのではないか？来年20歳をむかえる息子を見て思い出しました。

小川　有美
大阪府　45歳　パート勤務

母《はは》は今《いま》、
人生《じんせい》の秋《あき》を　ゆっくり　楽《たの》しみながら
味《あじ》わい冬支度《ふゆじたく》をしています

高木　初子
大阪府　70歳

「絵美」へ

秋《あき》なのに3年《ねん》ぶりの春《はる》が来《き》たかも!
至急《しきゅう》、女子会開催《じょしかいかいさい》&作戦会議《さくせんかいぎ》に
ご協力下《きょうりょくくだ》さい。

中村 友子
兵庫県 42歳 飲食店勤務

「家族」へ

母《はは》は春奈《はるな》で父夏希《ちなつき》。
兄《あに》は秋人《あきひと》で姉冬美《あねふゆみ》。
おいおい待《ま》て待《ま》て。
俺《おれ》の名《な》は。

成田　隼世
兵庫県　17歳　高校3年

「二人の娘」へ

桜咲《さくらさ》いたよ。
すいか食《た》べるか。
柿《かき》が熟《う》れたぞ。
正月《しょうがつ》くらいは、
帰《かえ》っておいで。

都会で離れて暮らす二人の娘へ。田舎には春、夏、秋、冬を感じられるよ。
寂しくなったら帰っておいで。

森崎　重夫
兵庫県　56歳　会社員

「夏」へ

ああ、夏《なつ》よ。
なぜあなたは年《とし》を追《お》うごとに
怒《おこ》りっぽくなっていくのだろうか。

山田 朔太郎
兵庫県 13歳 中学校2年

地球温暖化で毎年上がっていく夏の温度を怒っているように表現した。

「お父さん」へ

今年《ことし》の夏《なつ》はめっちゃ暑《あつ》かったよ。
お父《とう》さんの寒《さむ》いダジャレが
聞《き》けなかったからね。

山本　善太郎
鳥取県　13歳　中学校1年

僕の行事のために色々お世話をしてくれたお父さん。でも事故で亡くなってしまい、お父さんの大好きなダジャレとおやじギャグが聞けなくなり、今年の夏はすごく暑く感じました。

「亡き夫」へ

貴方《あなた》が植《う》えたゆずの木《き》に
生《い》きた証《あかし》がすずなりに、
実《み》をつけました。

森本　絵美子
島根県　72歳　主婦

「無口な夫」へ

筍《たけのこ》掘《ほ》りお疲《つか》れ様《さま》。
筍《たけのこ》ご飯《はん》に木《き》の芽和《めあ》え。
春《はる》の恵《めぐみ》に感謝《かんしゃ》したら私《わたし》にも
「美味《おい》しかった」を。

私は料理が下手なので、ほめられたことがありません。でも、
旬の食材を使った季節のご馳走くらい「美味しかった」と言って欲しいのです。

渡邉　光子
岡山県　67歳　主婦

「貴女」へ

春《はる》の風《かぜ》、夏《なつ》の陽《ひ》、秋《あき》の雲《くも》、冬《ふゆ》の空《そら》
幾度《いくど》過《す》ぎても貴女《あなた》は居《い》ない。
私《わたし》が年上《としうえ》になったよ。

堂下　りえ
広島県　50歳　パート

「愛しき姪っこ」へ

吾子《あこ》の誕生日《たんじょうび》を自分《じぶん》の命日《めいにち》とした君《きみ》
夏《なつ》の太陽《たいよう》が恨《うら》めしい。
でも君《きみ》の子《こ》は向日葵《ひまわり》の如《ごと》くに。

岩本　和彦
山口県　66歳　パート

姪が初産時の不条理な医療過誤からこの世から突然姿を消して早5年。夏が来るたびに苦い想いが込みあげる。でも残された子供の明るい笑顔に救われている。

「今年の夏」へ

暑《あつ》過《す》ぎて、
学校《がっこう》のプールが中止《ちゅうし》になりました。
いいかげんにしてくれへん？

阿地　しずく
徳島県　12歳　小学校6年

「我が家のネコ」へ

冬《ふゆ》になったら
日《ひ》なたぼっこしているキミにしみこんだ
お日《ひ》さまのにおいが大好《だいす》き。

西田 亜弓
徳島県 52歳

「私」へ

人生《じんせい》には順番通《じゅんばんどお》り来《こ》ない
春夏秋冬《しゅんかしゅうとう》がある。
けれど恐《おそ》れることはない。
必《かなら》ず移《うつ》りゆくから。

人生には、その人なりの春夏秋冬があり、人生はいつ何が起きるのかは分からないので、それは順番通り来るとは限らないと思います。けれども、恐れず、どのような季節でも必ず移ろう時が来ると信じて、自分なりに歩むことが大切だと思い作成しました。

川本　麻美子
高知県　40歳　専門学校通信学生

「母」へ

春夏秋冬《はるなつあきふゆ》同《おな》じ服《ふく》。
働《はたら》きずくめのおかあさん、ありがとう。
おしゃれもしてね。

休むこともせず、働きぱなしのおかあさん。子供としては、楽してもらいたいなと思います。
甲斐性がない自分が情けないと思う今日この頃。

西森 孝
高知県 59歳 鍼灸指圧師

「クワちゃん」へ

かわいそうと、にがしたけど、
帰《かえ》ってきたクワガタ。
夏《なつ》の暑《あつ》さはがまんできないよね。

板床　悠雅
福岡県　12歳　小学校6年

「君」へ

暑《あつ》い夏《なつ》の日《ひ》、
下敷《したじ》きで顔《かお》を扇《あお》ぎながら、
僕《ぼく》を見《み》て微笑《ほほえ》む君《きみ》を見《み》るのが、
僕《ぼく》は好《す》きでした。

小学生の頃のとなりの席だった、初恋の人に向けて書きました。

江野村 初輝
福岡県 17歳 高校2年

「愛仁《あい》ちゃん」へ

あなたが生《う》まれて一年《いちねん》が過《す》ぎた。
今《いま》までの人生《じんせい》の中《なか》で一番《いちばん》輝《かがや》く
春夏秋冬《しゅんかしゅうとう》をありがとう。

澄んだ秋の空が大好きでした。でも娘といっしょに見た秋の空は今まで見てきたそれよりもずっとずっと輝いていました。今まで何度も通ってきた道、そこに咲く小さな花たち、全てが今まで見てきたものとは違って見えます。

梶原　希美
福岡県　29歳　主婦

「先生方」へ

春休《はるやす》み宿題多《しゅくだいおお》し、夏休《なつやす》み宿題多《しゅくだいおお》し。
秋《あき》、一休《ひとやす》み。新年《しんねん》も宿題《しゅくだい》。
先生《せんせい》、僕《ぼく》にも働《はたら》き方改革《かたかいかく》を

高橋　直生
福岡県　14歳　中学校2年

先生、宿題の採点大変じゃないですか。先生も、ゆっくりお休みください。

「地球」へ

今年《ことし》も猛暑《もうしょ》が続《つづ》いてます。
あなたの体調《たいちょう》が悪《わる》いからですか？
私《わたし》に出来《でき》る事《こと》はありますか？

田中　千穂美
福岡県　15歳　高校1年

「天国のひいおばあちゃん」へ

天国《てんごく》にも春夏秋冬《しゅんかしゅうとう》はありますか。
もしあるなら、季節《きせつ》の変《か》わり目《め》
風邪《かぜ》に気《き》をつけてね。

田中 美彩希
福岡県 16歳 高校1年

「春夏秋冬」へ

いろんなすがたを見《み》せてくれてありがとう。
百年後《ひゃくねんご》も春夏秋冬《しゅんかしゅうとう》が感《かん》じられますように。

二階堂 大雅
福岡県 8歳 小学校3年

「春」へ

もうずっと夏《なつ》と秋《あき》と冬《ふゆ》でいい、
だって卒業《そつぎょう》なんかしたくないよ。

森田 真琴
福岡県 17歳 高校3年

「てんごくのパパ」へ

ぶどうおいしかったですか。
ももは、ぼくがたべてごめんね。
なつやすみたのしいよ。

小山　晴瀬
佐賀県　7歳　小学校1年

息子が一歳の時に亡くなった父へあてた初めての手紙です。父の実家にある仏壇へ、お盆におそなえするぶどうと桃を持っていきましたが、桃はすぐに息子が食べてしまいました。「パパが食べるヒマなかったかな？」と気にしているようでした。今年は息子の初めての夏休みです。

「語れない娘」へ

暑《あつ》いと服《ふく》を脱《ぬ》ぎ、
寒《さむ》いと毛羽布団《うもうふとん》にくるまるあなた。
話《はな》せないあなたの言葉《ことば》聞《き》いてるよ。

島　しのぶ
佐賀県　45歳　パート

難聴と知的の重複障害の娘との会話はジェスチャーや様子で十五年共に生きてきて聞こえない話せない娘と会話はないけれど伝わりあって生きています。四季の移ろいも自分なりに表現してくれている娘です。

「お兄ちゃん」へ

夏《なつ》はアイスが食《た》べられますね。
つめたいアイスいっしょにたべると
心《こころ》がぽかぽかになるね

ひ口　り音
佐賀県　小学校3年

「春夏秋冬」へ

春夏秋冬《しゅんかしゅうとう》を作《つく》ったわけを知《し》りました。
人間《にんげん》には気分転換《きぶんてんかん》が大切《たいせつ》だと
教《おし》えたかったのね。

足達　重子
長崎県　83歳

「ペットの亀のヘイジ」へ

冬《ふゆ》が来《き》て、
これから君《きみ》は眠《ねむ》ってしまうけれど、
春《はる》になったら、また甘《あま》えてくれよな。

秋が深まり、亀（クサガメ）はもうすぐ冬眠します。寂しくなるけれど、来年の春にまた一緒に遊んでくれたらなと思います。猫が死んでしまって今の我が家の唯一のマスコットです。

宇野 健二
長崎県 51歳

「あなた」へ

春夏秋冬《はるなつあきふゆ》
一緒《いっしょ》にいたら短《みじか》いのに
一人《ひとり》になったら
何《なん》とながいの でしょう

主人を亡くして二十三年たのしさ悲しさを半分ずつとはいきませんが、
出来る限り明るく笑顔で過ごしたいと思っています。

千々岩 律子
長崎県 79歳 主婦

「息子」へ

自分《じぶん》の部屋《へや》にこたつを置《お》きたいって？

ブー!!

よけい動《うご》かんようになるけん却下《きゃっか》！

中川　正代
熊本県　53歳　パート

「亡くなった母」へ

蕗《ふき》の煮物《にもの》、山椒《さんしょう》の佃煮《つくだに》、
ブルーベリーの冷凍《れいとう》、
小豆《あずき》収穫《しゅうかく》、高菜漬《たかなづけ》。
私《わたし》、後継《あとつぎ》になるね。

前田 たみ子
熊本県 62歳

実家に帰って暮らし始めると、一年をどう暮らしていたのかわかる。植物だったり、花だったり、野菜が家のまわりにあふれていた。いつの間にか自然に自分も同じ生活を繰り返している。

「上京七年目の長男」へ

一昨年《いっさくねん》

「うちってこんなに虫鳴《むしな》いてた？」って

驚《おどろ》いてたよね。

今年《ことし》も凄《すご》いよ。いつ帰《かえ》る？

山川 裕子
大分県 56歳 自営業

「春」へ

春《はる》は好《す》き。でも来《こ》なくていいです。
先輩《せんぱい》、卒業《そつぎょう》しないでください。

弓場　怜瑚
鹿児島　17歳　高校2年

「夏」へ

年々《ねんねん》暑《あつ》さが増《ま》す夏《なつ》
地球《ちきゅう》を守《まも》るために
僕《ぼく》らは何《なに》ができるかな。

甲斐　菜留実
鹿児島　18歳　高校3年

「息子」へ

お正月《しょうがつ》に帰《かえ》れないのはわかった。
心配《しんぱい》しないで。
故郷《ふるさと》は春夏秋冬《しゅんかしゅうとう》、年中無休《ねんじゅうむきゅう》だよ。

末永　逸
鹿児島　57歳　パート販売員

「五年生の自分」へ

春《はる》は友達《ともだち》を作《つく》り、
夏《なつ》は宿題《しゅくだい》をやって
秋《あき》は運動会《うんどうかい》を成功《せいこう》させて、
冬《ふゆ》はかぜをひかないように

鶴澤　弥子
鹿児島県　10歳　小学校4年

「田舎町の夏」へ

田植《たう》え、七夕《たなばた》、村祭《むらまつ》り。
嫁《とつ》いだ夏《なつ》が嫌《きら》いでした。
今《いま》、タオル巻《ま》いて婦人部長《ふじんぶちょう》やってます。

福永　房世
鹿児島県　56歳　主婦

50歳で鹿児島の田舎町に嫁ぎました。夏には行事が多く、泣く泣く参加していたのを思い出します。住めば都ですね。

「私のこいびと」へ

しずかに雪《ゆき》が降《ふ》る夜《よる》がほしい。
私《わたし》はあなたとだんろのそばで
よりそう夢《ゆめ》が見《み》たいから。

ブリアナ　グリーアー
カナダ　20歳　大学3年

総評

選考委員　小室　等

今回「春夏秋冬」のお題は選考委員の中でも難しいぞ、なかなか良い作品というのは集まりにくいのではと思っていました。特に、若い子供達には、このお題は難しいと思っておりました。「春夏秋冬」という一つ一つの季節、春という事に関して春という言葉の概念というのが、まだ身についていない子供達が季節を春夏秋冬という形で把握して考えるのは難しいと言っていたような気がします。しかし蓋を開けてみたら、そんな心配はないというのが分かります。坂井青年会議所賞を見ると分かりますが、7歳が3人9歳が2人。この賞の括りが小学生の子供達というのもありますが、選考された作品の新鮮さ小さな頃に初めて出会う出来事に対して、季節が変わると頑張りたい気持ちになる。西本さんの作品は春という漢字は書くのに難しいから嫌いです。確かに難しい、本当にそうだなと最初に教科書なんかで教わることで出会った時に途方に暮れる感じが新鮮ですよね。7歳の子が父のことを「あなたの息子」とおじいちゃんに向かって表現するという、そういう表現の新鮮さも感じられました。このお題は子供達にとっても難しいものではなくむしろ大人よりは新鮮な想いを以って書ける作品になったと思います。そういう中で大賞に戻り、ご覧いただくと分かりますが今までの大賞は圧倒的に子供達が多かったのに対して、今回70代が3名、50代が1名この高齢化社会と言われる中で70代がすごく貢献していますす。その中でこの17歳の子は何かちょっと年寄りじみていないでしょうか。この感じ方、もちろん褒めているんですよ。17歳にしてこのようにお母さんの変化を感じとる、細やかな感性を持っている子なのでしょう。17歳がんばれという感じです。

全体的に高齢者の方がハイライトを浴びるようなお題はこの「春夏秋冬」という物の中にあったかもしれないと思うわけです。総合的にもいい一筆啓上賞になったと思いました。

（入賞者発表会講評より要約）

予備選考通過者名

順不同

北海道

石田 和歌子
伊藤 明詮
川口 伸行
木下 宏子
桜田 和子
佐藤 有暉斗
田上 幸子
輪島 裕美子

青森県

中舘 幸恵

宮城県

伊藤 晴子
北島 直
菅原 文子
鈴木 清美
新田 元子
根元 瑞生
福島 敏恵

秋田県

石井 美和子
伊藤 優悟
今野 芳彦
櫻田 展也
佐藤 友子
佐藤 凌駕
柴田 桜子
柴田 眞貴子
髙橋 千賀子
高橋 真尋
中村 文音
新田 由姫
山中 弘

山形県

池田 佑子
菅原 正朝
吉住 文美

福島県

穴澤 智宏
岩山 結璃
帆加利 祐果
星 揚羽
星 昌子

茨城県

伊藤 遥大
大沢 あかね
後藤 汐香
山本 悠雅

栃木県

毛塚 セツ
藤田 陽一

群馬県

飯島 慶子
金山 千夏
狩野 智子
狩野 智子
須田 典子
高橋 礼子
瀧田 來遥
根本 まゆみ
福田 三士郎
松本 弥生

埼玉県

井上 良江
奥村 颯也
柿沼 れいな
木村 悠加
島田 美幸
神宮 博道
園田 佳與子
園田 佳與子
高野 由美
角田 咲由美
長坂 均
長坂 均
永野 意見子
西見 一生
松田 充子
谷内 遙華

千葉県

荒井 李音
稲本 隆司
稲本 隆司
浦野 美智子
大滝 響
小野 千尋
北見 優衣
木村 弘美
小林 幸香
佐々木 聡子
佐藤 恵理子
清水 和呼
杉本 はるみ
鈴木 憲子
醍醐 智子
田中 米春
長野 和夫
中村 吉朗
根岸 結真
藤野 陽平
宮川 慧音

東京都

安藤 彩也香
大隈 裕子
岡 ちえり
岡西 通雄
木野 茜
草間 春花
佐藤 高男

坂野 天俊
鷺沼 あかね
佐久間 莉紗
佐藤 琉宇功
清水 澄子
鈴木 恵里子
田野 悠樹
辻 浩忠
二瓶 礼華
半田 彩華
藤吉 孝美
古舘 勝行
松尾 凜久
松田 裕子
宮地 知沙
村上 紗英
森田 直也
箭内 小春
渡邊 実生

神奈川県

阿部 富久子
泉田 なるみ
近藤 久子
佐伯 英雄
佐賀 奏
鈴木 和枝
田中 淳子
谷 博章
中島 想太
奈良 颯太
原 ひとみ
古川 綾夏
松井 松子
松井 松子
松本 清美
宮嵜 瑛太
柳田 由実
山田 修
山本 魁
山本 魁

山梨県

野尻 勇翔
野中 恵
廣瀬 昭美

長野県

内山 玲子
新津 信子
増澤 優子

新潟県

朝倉 志保子
飯浜 美由紀
地引 永安
笠尾 民子
廣川 朱音
松本 なな
渡辺 平生

富山県

小島 創太
中西 美和子
畑 美代子
堀田 康代
山崎 依子

石川県

池上 菜々子
上田 礼子
川口 莉梨
川島 美咲
勘田 尚美
喜多 花鈴
坂倉 茉尋
田口 一喜
豊田 真史
中越 彩菜
長谷川 涼加
福山 紗彩
本田 翔子
松田 茉伽
宮崎 名津子
山崎 律歌
山下 京香
横川 正美
吉田 佳子
吉村 茉莉佳

福井県

嵐 穂稀
粟津 純子
五十嵐 望華
五十嵐 みひろ
井坂 心優
石川 琥一朗
泉 桃葉
伊藤 光惺
伊東 ゆかり
伊東 ゆかり
稲端 想理
岩佐 君子
岩佐 君子
上前 ひさ江
臼井 涼子
宇埜 千代子
宇野 裕子
江田 莉緒那
大木 陽莉
小澤 祐依
奥村 耕二
尾野 須賀子
加藤 葵衣
加藤 由美恵
角野 きよ美
苅安 寿仁
川﨑 眞滉
川﨑 結心
河村 響
川森 琉生
菊川 准哉
木下 莉央
木村 豪
帰山 凌一
桐畑 瑞貴

福井県

久保 舜哉
久保 葉音
倉野 実欧
小泉 粋花
神門 蔵紀
小暮 輝
小西 和
小林 しの
小林 颯翔
小林 鈴佳
小八木 寿佳
斎藤 泰市
酒井 隼平
坂根 夏海
佐々木 大海
里見 結愛
澤 芽佳
柴原 海翔
島川 結羽
清水 煌生
清水 美佑
清水 琉生
すずき しどう
瀬戸 応明
高崎 一枝
髙島 桔梗
高橋 睦空
髙見 瑠
武 安徳
竹内 秀興
武田 悠暉
達川 莉彩
立野 裕眞
田中 愛莉
田中 朱季
田中 美有
谷口 くらら
辻川 定男
坪川 伊央
坪井 沙南
坪川 淳一
てら前 にこ
どう前 り子
徳丸 郁子
内藤 順也
永上 友美
中川 愛心良
中川 暁斗
永田 紘治
中園 ひろと
成田 結衣菜
西川 和浩
西田 夢斗
西川 蓮
西田 遥人
仁保 静
野川 颯太
野呂 慧之
橋本 椎奈
橋本 七海
長谷川 星
長谷川 夢奈
林 沙耶香
原田 麻世
ひぐさ そうすけ
藤井 椎人
藤澤 あおい
藤田 茉白
藤田 凛音
藤本 紘成
堀田 あけみ
堀田 叶夢
堀川 裕輝
前川 昇龍
前田 翔太
牧野 和緒
正田 彩乃
松浦 悠仁
松原 美心
間宮 千鶴
三ツ屋 多佳子
みなもと ゆうき
三宅 凜太郎
村井 花望
毛利 雅
森 弓依
森岡 愛里
森川 友美
矢口 佳奈
柳田 明彩陽
矢野 神
矢野 世玲亜
山口 絹代
山口 結愛
山口 優依
山﨑 果子
山﨑 美貴
山下 菜香
山田 夏凜
山田 望実
山中 藍琉
山本 幸雅
横井 詩織
吉川 悦子
吉川 輝空
吉田 依央
若新 弘子
脇本 にこ

岐阜県

小栗 知夏
後藤 眞理子
後藤 ゆう子
佐々木 心音
塚原 明子
早川 佳子
林 幹児
正村 まち子
村瀬 源斗

静岡県

秋山 満代
岩崎 香
小幡 峯司
勝又 正弘

下石 元輝
杉本 俊夫
田中 昌代
中津 聡太
松下 文香
山本 和正

愛知県

位田 仁美
岩田 正彦
梅村 明美
酒井 すみ子
土田 悦子
長嶺 真之助
三宅 桃花
吉田 さをり

三重県

西井 麻記
西井 麻記

滋賀県

石塚 幸子
川口 さゆり
北川 貢造
木村 遥佳
髙畑 心美
船谷 和美
森野 靖子
横山 公史

京都府

河合 晋司
北口 裕子
小島 由佳菜
後藤 雅子
佐古田 楓
関 みや子
他谷 圭梧
古橋 育恵
前川 綾
増田 郁生
松永 惇希
水澤 里佳
南 剛至
若城 彩

大阪府

大芝 敏春
坂口 詳子
皿谷 祐子
髙橋 優奈実
竹下 明宏
谷本 明子
津田 好昭
寺井 三紀子
寺田 晃
東城 千鶴子
平山 絹江
福本 一代
宮川 勉
宮本 みづえ
宮本 みづえ
山内 康子

兵庫県

阿江 美穂
岩井 翔太郎
松本 ちよの
よねい ひなた

奈良県

一家 三智子
北村 富美子
嶋田 眞
竹内 千恵子
福島 千佳

和歌山県

沖野 充
大宝 道子

鳥取県

目春 陽子
目春 陽子

島根県

金田 光明
帖佐 聡子
栂野 佑季
長岡 良子
長谷川 悠風
山尾 一郎
和田 純子

岡山県

安東 怜香
江本 颯太
大谷 朱美
小阪田 幸枝
加藤 節子
金本 晃
田淵 妙子
難波 みゆき
西平 久仁子
細田 明花
渡邉 光子

広島県

大澤 優子
児島 睦美
野坂 正子
平本 悦子

山口県

伊藤 光汰
大賀 隆ノ介
藤井 智也
松永 節子

徳島県

阿地 しずく
坂東 典子
山口 茂仁華

香川県
角石 ゆう
上久保 忠彦
玉井 一郎
玉井 一郎
西堀 敏一
渡辺 とみ子

愛媛県
相原 美恵子
菊池 真琴
別府 利子

高知県
伊藝 蒼葉
伊東 紗良

福岡県
井上 美津江
今村 秋太
岡元 駿
尾中 メグ
木全 響
實藤 高太朗
柴田 明彩実
柴田 勇人
島 聖三郎
新堀 美智
塚本 真宗
津田 なるみ
中井 朗
西山 和宏
花田 瑞穂
松田 朋希
宮田 一沙
毛利 一斗
柳郷 弥恵子
山田 富士子
和田 真唯子

佐賀県
田島 千鶴子
中島 玲音
真崎 維愛

長崎県
武田 敏雄
武田 暢博
松尾 恵美
山並 喜代子
吉野 順子

熊本県
白石 豊子
中川 花鈴
花﨑 美紀
松浦 幸作

大分県
井上 志穂

宮崎県
大久保 晶子
甲斐 実季
工藤 真理子
妹尾 真里
森 のり
森 のり

鹿児島県
荒木 璃々菜
有島 未結
有留 百華
池田 史織
池山 祐子
稲又 葵
上別府 美結
内野 美来
大石 莉沙
大山 晴美
小野 龍馬
上鶴 綾夏
川﨑 虎勇人
小野 愛海
竹山 茉鈴
中釜 蓮月
福島 まるみ
平松 翔生
松田 昇悟
森山 彩夏
柳澤 悠

沖縄県
比嘉 典子

あとがき

　春から夏に、夏から秋にかわり冬が来て、また春がやってきます。時の流れとともに「春夏秋冬」は移り変わります。日本には四季があり、古くから季節で移り変わる自然を愛でる心を持った国民だといわれています。「春は花見、夏は涼み、秋は月見、冬は雪見」という言葉は、四季を感じることに喜びを見出す文化があるから生まれたのでしょう。

　そのような「春夏秋冬」に、三万二一〇六通のお手紙をいただきました。環境の変化を訴えかけるものや、普段の何気ない生活の一コマなど、様々な場面で、見て、触れて、聞いて、嗅いで、味わって、五感を働かせ、感じた季節を届けていただきました。手紙は季節を届け、それを感じる心を運ぶもので、大切にしていきたいと思いました。

　一次選考会は、住友グループ広報委員会の皆様に携わっていただきました。緊張感あふれる大変な作業の中で、届けられたたくさんの「春夏秋冬」を味わっていました。

最終選考会では、小室等さんのまとめ役のもと、佐々木幹郎さん、宮下奈都さん、夏井いつきさん、平野竜一郎さん、それぞれの視点や経験を生かしての選考でした。手紙から見える「春夏秋冬」の景色や人物を想像したり、作者にぜひ会いたいと思う作品など、改めて手紙文化の良さを知る機会となりました。

終わりに、坂井市丸岡町出身の山本時男氏が代表取締役を務める、株式会社中央経済社・中央経済グループパブリッシングの皆様には、本書の出版、並びに付帯する出版業務のすべてお引き受けくださいましたことを感謝申し上げます。また、日本郵便株式会社ならびに坂井青年会議所の皆様の一筆啓上賞へのご協力、ご支援にお礼を申し上げます。

令和二年四月

公益財団法人　丸岡文化財団
理事長　田中　典夫

日本一短い手紙「春夏秋冬」　第27回一筆啓上賞

二〇二〇年四月三〇日　初版第一刷発行

編集者——公益財団法人丸岡文化財団

発行者——山本時男

発行所——株式会社中央経済社

発売元——株式会社中央経済グループパブリッシング

〒一〇一－〇〇五一

東京都千代田区神田神保町一－三一－二

電話〇三－三二九三－三三七一（編集代表）

〇三－三二九三－三三八一（営業代表）

http://www.chuokeizai.co.jp/

印刷・製本——株式会社　大藤社

編集協力——辻新明美

＊頁の「欠落」や「順序違い」などがありましたらお取り替えいたしますので発売元までご送付ください。（送料小社負担）

ISBN978－4－502－35101－3　C0095

四六判・236頁
本体1,000円＋税

四六判・216頁
本体1,000円＋税

四六判・236頁
本体1,000円＋税

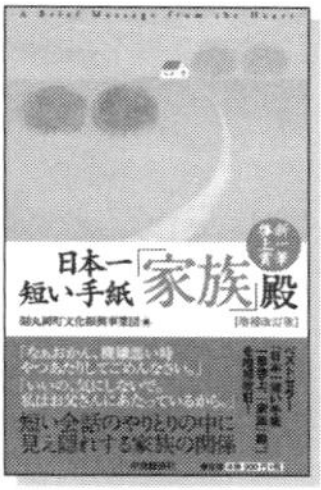

四六判・162頁
本体900円＋税

四六判・160頁
本体900円＋税

四六判・162頁
本体900円＋税

四六判・178頁
本体900円＋税

四六判・184頁
本体900円＋税

四六判・258頁
本体900円＋税

四六判・210頁
本体900円＋税

四六判・216頁
本体1,000円＋税

四六判・206頁
本体1,000円＋税

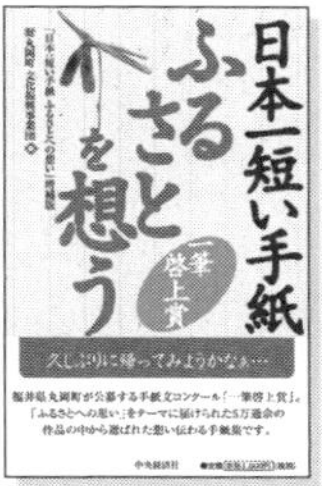

四六判・218頁
本体1,000円＋税

四六判・196頁
本体1,000円＋税

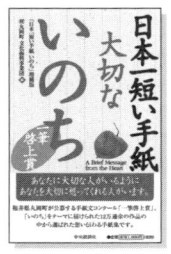

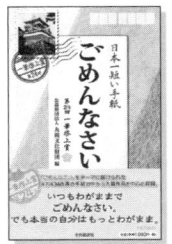

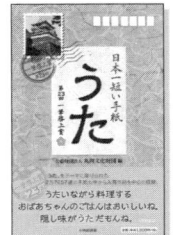

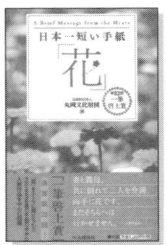

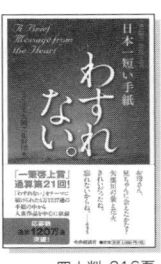

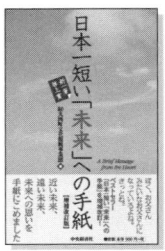

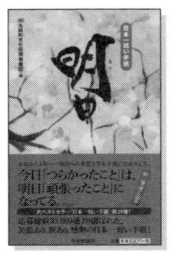

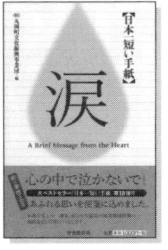

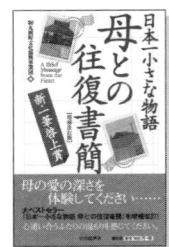

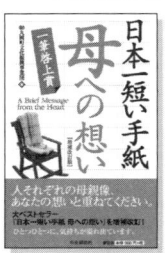

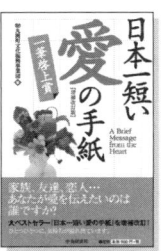

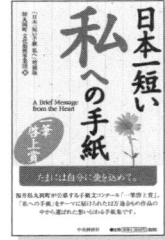